AU CAFÉ

COMÉDIE EN UN ACTE

PAR

Mˡˡᵉ Hermance FAURÉ

❧

Prix : 1 fr. 25 cent.

~

BORDEAUX

IMPRIMERIE DUVERDIER ET Cⁱᵉ (DURAND, DIRECTEUR)

7, rue Gouvion, 7

—

1872

AU CAFÉ

COMÉDIE EN UN ACTE

PAR

Mlle Hermance FAURÉ

Prix : 1 fr. 25 cent.

BORDEAUX

IMPRIMERIE DUVERDIER ET Cie (DURAND, DIRECTEUR)

7, rue Gouvion, 7

1872

PERSONNAGES

M. MORIN.

MAXIME.

M. DURAND.

ADRIEN.

PAUL.

ERNEST.

JULES.

UN VIEUX MONSIEUR.

CHARLES.

OSCAR.

ÉMILE.

Mme MORIN.

Mme DURAND.

JULIE, maîtresse de Charles.

EVA, maîtresse d'Oscar,

OLIVA, maîtresse d'Émile.

JOUEURS, CONSOMMATEURS, GARÇONS.

La scène se passe à Paris et représente un café d'assez belle apparence.

AU CAFÉ

COMÉDIE EN UN ACTE

———

SCÈNE Iʳᵉ

JOUEURS, CONSOMMATEURS, GARÇONS.

PREMIER JOUEUR, *posant un domino sur le jeu.*

Cinq et as.

ÉMILE.

Seize et six vingt-deux, et (*montrant une tierce à la dame*) trois vingt-cinq, et trois as vingt-huit (*jouant*), vingt-neuf, soixante...

TROISIÈME JOUEUR, *à son partenaire.*

As-tu des dix?

QUATRIÈME JOUEUR, *après avoir regardé son jeu.*

J'ai le dix de cœur.

TROISIÈME JOUEUR.

Chargé?

QUATRIÈME JOUEUR.

Troisième.

TROISIÈME JOUEUR.

Joue-le, tu ne l'auras plus.

CINQUIÈME JOUEUR.

C'est-à-dire qu'en donnant ce pion plutôt que celui-là je faisais dame.

SIXIÈME JOUEUR, *posant un domino sur le jeu.*

Trois et quatre.

SCÈNE II

LES MÊMES, ADRIEN.

ADRIEN, *entrant, à Paul qui fumait un cigare en prenant du café,
lui donnant une poignée de main.*

Je t'ai fait attendre?

PAUL.

Non, je viens d'arriver.

ADRIEN.

Dans tous les cas, je t'assure que ce n'aurait pas été de ma
faute.

PAUL.

Pourquoi donc?

ADRIEN.

Tu vas voir. (*A un garçon.*) Garçon! Donnez-moi un café, je
vous prie.

LE GARÇON.

Bien, monsieur.

TROISIÈME JOUEUR.

Messieurs, je réclame trente-quatre. (*Montrant son voisin de
gauche.*) Monsieur n'a pas fourni à pique tout à l'heure et il en
donne à présent.

LE VOISIN, *après s'en être assuré.*

C'est par trop juste.

ADRIEN, *à Paul.*

Tu sais, Julia?

PAUL.

Ton ange de maîtresse?

ADRIEN.

Mon démon déchaîné, tu veux dire.

PAUL.

Ah! tu ne sais pas apprécier ce modèle de toutes les qualités!

ADRIEN.

Cette incarnation de la tyrannie! plutôt.

PAUL.

Tu insultes à sa bonté, à sa douceur, à son amour pour toi.

ADRIEN.

Je maudis sa cruauté, voilà tout.

UN CONSOMMATEUR.

Garçon! voyez, je vous prie, si le *Siècle* est libre.

LE GARÇON.

Bien, monsieur (*il va chercher ce journal et le lui apporte*).

PAUL.

Tu te plains d'être trop heureux.

ADRIEN.

Ah! je voudrais bien te voir à ma place.

PAUL.

Moi aussi.

ADRIEN.

Mais songe donc que cette femme considère sa chambre comme une boîte à coton dans laquelle elle voudrait me tenir enfermé. Mon caractère ne saurait céder à ce caprice barbare, car ma liberté est la seule chose en ce monde dont je puisse être l'esclave.

PAUL.

C'est un excès d'amour de sa part dont tu devrais être touché. Plus d'un mortel envierait ton sort.

ADRIEN.

Tu te trompes, Paul, cette exigence n'est point de l'amour. Si elle m'aimait réellement, au lieu de m'empêcher d'aller trouver un ami que j'estime, elle serait la première à m'y engager, et serait heureuse du plaisir que je prends à causer un moment avec lui. Ainsi, ce soir, j'ai eu toutes les peines du monde pour m'arracher de ses bras, et si je n'avais témoigné d'une certaine volonté, je n'aurais peut-être pas pu venir te trouver.

PAUL.

Je t'en remercie au nom de notre amitié, mais sois convaincu que cette femme t'aime, et que son amour est un amour durable.

SEPTIÈME JOUEUR, *se levant*.

Aussi j'avais dit que je ne jouerais plus au bézigue ni à aucun jeu; mais cette fois si l'on m'y rattrape, on sera bien fin. (*Il paie et sort*).

SCÈNE III

LES PRÉCÉDENTS, ERNEST.

ERNEST, *arrivant, à Jules qui prenait un bock en lisant un journal.*

Toujours dans la politique. Ah! tu es bien heureux d'avoir fixé là tout ton amour.

JULES.

Ça me distrait; mais tu me dis ça d'un air qui m'annonce que tu n'es pas content. Que t'arrive-t-il encore?

ERNEST.

Ce qui m'arrive tous les jours, ce qui ne cessera de m'arriver.

JULES.

Je vois que c'est encore de ta Louise que tu as à te plaindre.

ERNEST.

Cette femme a juré ma mort.

JULES.

Tu ne sais pas te conduire avec elle.

ERNEST.

J'agis naturellement.

JULES.

C'est là ton tort. Mais que t'a-t-elle donc fait?

ERNEST.

Tu sais combien je suis heureux près d'elle. Eh bien! loin de partager mon bonheur, il lui suffit de quelques instants de ma présence pour la lasser de moi.

JULES.

Tu es à plaindre.

ERNEST.

Tantôt c'est son oncle qu'elle a besoin d'aller voir; tantôt c'est sa tante qu'elle attend et à laquelle il faut prendre garde de me montrer. Tout à l'heure j'étais avec elle; je me plaisais à la contempler, il m'a fallu la quitter sur son ordre formel, sur son désir inexorable.

JULES.

Si tu voulais me croire, tu l'oublierais dès demain dans les bras d'un autre qui serait plus digne de ton amour, de tes assiduités.

ERNEST.

Je l'aime, Jules, et d'un amour inaltérable.

JULES.

Tu cesserais de l'aimer, va.

ERNEST.

Je ne pourrai jamais essayer.

JULES.

Tu souffriras toujours, alors. Tu ne prends pas quelque chose?

ERNEST.

Je n'ai goût de rien.

JULES.

Ah çà! vas-tu te laisser mourir pour cette fille? Prends moi vite un bock, je te prie. *(Appelant)* Garçon! Donnez un bock, je vous prie *(le garçon apporte le bock demandé)*.

PREMIER JOUEUR *(posant son dernier domino dans le jeu)*.

Vous y êtes, mon cher M. Durand.

SIXIÈME JOUEUR *(retournant sur la table les dominos qu'il a en main)*.

Par ma faute, si j'avais fait six et trois tout à l'heure, je vous arrêtais net.

HUITIÈME JOUEUR.

Pardon, souffler n'est pas jouer.

SCÈNE IV

LES PRÉCÉDENTS, CHARLES, OSCAR, ÉVA, JULIE.

(Ils viennent s'asseoir à une table; un garçon vient à eux).

CHARLES.

Çà, qu'allons-nous prendre?

OSCAR.

Prenez ce que vous voudrez, moi je prends un bock.

CHARLES.

Et vous autres, mesdames?

ÉVA.

Moi, je prendrai un soda.

JULIE.

Moi aussi.

CHARLES, *au garçon.*

Alors deux bocks et deux sodas. (*Le garçon part et revient les servir*), (*après avoir bu*) : Je ne vous cacherai pas que j'aime mieux ce bock que les acteurs que nous venons de voir, j'en ai vu peu d'aussi mauvais.

OSCAR.

Il est de fait qu'ils ont été détestables.

ÉVA.

Ce ne sont pas les acteurs qui ont laissé à désirer se sont les actrices.

JULIE.

Il serait difficile de trouver une tournure plus abominable, que celle de la jeune première. C'est un mannequin que les machinistes semblent faire mouvoir avec des ficelles.

CHARLES.

Ce jeune premier rôle aurait dû, par un sentiment de respect pour l'art, se faire plutôt maçon que de se mettre au théâtre.

OSCAR.

Encore une victime de l'ambition. Prenez donc exemple sur moi qui pouvais être tout et qui n'ai voulu rien être pour vivre libre près des charmes adorables de mon Eva.

JULIE.

Es-tu assez heureuse au moins !

ÉVA.

Tu l'écoutes? tu ne vois donc pas qu'il se moque de moi.

JULIE.

Tu ne crois rien de ce que tu dis. C'est moi qui aurais plus d'un reproche à te faire.

CHARLES.

Plains-toi un peu, ça te donnera un air intéressant.

JULIE.

Ah ! brigand ! si jamais tu me faisais des traits...

CHARLES.

Que ferais-tu?

JULIE.

Je te tuerais.

CHARLES.

Bigre de bigre, ça pourrait changer mes dées sur le moment. Sois tranquille, je ne t'en ferai jamais. Mais parlons d'autre chose. Si nous allions manger quelque chose chez Baptiste?

JULIE.

Une récréation gastronomique, ça me va.

ÉVA.

Le souper de Morphée, j'en suis.

CHARLES.

Qu'en dis-tu, Oscar?

OSCAR.

Puisque ça fait plaisir à Eva, et que c'est vous qui me le proposez, j'accepte de grand cœur.

CHARLES.

Ma proposition étant acceptée, partons tout de suite. *(A un garçon).* Tenez garçon, payez-vous deux bocks et deux sodas. Vous pouvez garder le reste.

LE GARÇON.

Merci, monsieur. *(Nos personnages s'en vont, ainsi que quelques joueurs et quelques consommateurs.)*

SCÈNE V

LES PRÉCÉDENTS, M. DURAND, OLIVA.

(Ces derniers viennent s'asseoir et se font servir une consommation.

M. DURAND.

Voyons maintenant, dites-moi donc comment vous avez été amenée à quitter vos parents.

OLIVA *(à part).*

Ah! si tu veux m'écouter, mon vieux, tu iras loin. *(Haut avec un air d'innocence.)* Voici! Nous étions mes parents et moi dans l'Andalousie qui est mon pays.

M. DURAND.

Ah! vous êtes Andalouse.

OLIVA, *d'une voix douce.*

Oui, monsieur.

M. DURAND.

Parbleu! je vous en fais mes compliments. Il n'y a que les Andalouses pour bien aimer.

OLIVA.

Hélas! monsieur, c'est précisément à un amour dont je n'ai pas su me défendre, c'est à une faiblesse que mon tendre cœur n'a pu surmonter que je dois l'abandon où je suis aujourd'hui. (*S'efforçant de pleurer.*) Hi!... hi!... hi!...

M. DURAND.

Ne pleurez pas, ma toute belle, ne pleurez pas. Voyons, de quel abandon voulez-vous parler?

OLIVA.

Je ne sais si je dois...

M. DURAND.

Ne craignez rien, mon ange, je n'ai que votre intérêt pour objet.

OLIVA.

Ah! je ne vous demanderai jamais davantage. Il y avait, en face de notre maison, un jeune homme qui m'aimait, ou du moins, qui faisait semblant de m'aimer. Comme il était pauvre, mon père m'empêcha toute fréquentation avec lui. Mais un jour vint où Édouard, c'est le nom de mon scélérat, conçut le projet de m'arracher du toit paternel. Il m'amena à Bordeaux sans me laisser le temps de résister. Hélas! quelques mois après il partit, sans me prévenir, pour le Sénégal. Je ne l'ai plus revu. Je l'ai pleuré pendant longtemps, et puis j'ai fini par l'oublier. C'est alors que je pris la petite chambre que j'occupe aujourd'hui; mais, comme je vous l'ai déjà dit, ma propriétaire ne me permettrait pas d'y amener quelqu'un.

M. DURAND.

Il n'importe, ô ma colombe! si vous voulez m'écouter, j'arrangerai cela.

OLIVA.

Je veux bien vous écouter, moi, mais comment faire?

SCÈNE VI

LES PRÉCÉDENTS, MAXIME, M. MORIN, *à son comptoir.*

M. MORIN, *appercevant Maxime qui entre.*

Ah! nous venons encore du théâtre? (*Un garçon vient lui servir un thé sur une table voisine.*)

MAXIME.

Oui, je viens d'assister à quelques scènes bien écrites, ma foi.

M. MORIN.

Nous n'avons plus de bons auteurs comme autrefois ; d'où diable cela peut-il venir ?

MAXIME.

Cela vient de ce que la plupart sans aucun talent se sont mis à écrire, poussés qu'ils étaient par la considération que leur procurait leur fortune, et que les autres, c'est-à-dire ceux qui pourraient faire quelque chose dans cette carrière, sont arrêtés dans leur élan précisément par le manque de cette considération, de cette fortune.

LE GARÇON.

Vous êtes servi, M. Maxime.

MAXIME.

Merci bien.

M. MORIN.

Vous avez raison M. Maxime. Ce n'est que ça qui nous prive de grands écrivains.

MAXIME.

C'est grand dommage pour la littérature. (*Il vient s'asseoir à la table où est son thé, après avoir échangé un salut avec Émile.*)

M. DURAND, *à Oliva.*

D'abord il faut que dès demain vous vous soyez trouvé une chambre. J'y ferai porter les meubles et tout ce qu'il faut pour la garnir.

OLIVA.

Oh ! que vous êtes bon !

SCÈNE VII

LES PRÉCÉDENTS, Mme DURAND.

Mme DURAND, *entrant.*

Je ne me suis point trompée ; c'est lui que j'ai aperçu entrer avec une petite femme. (*L'apercevant.*) Ah ! le voici, le lâche !

M. DURAND, *à Oliva.*

Quand vous serez installée, j'irai vous voir chaque jour. Désormais, c'est moi qui pourvoirai à tous vos besoins.

OLIVA.

Ah ! je vous aime déjà.

Mᵐᵉ DURAND, *s'asseyant à une table voisine de celle de son mari. Celui-ci lui tourne le dos.*

Garçon ? (*M. Durand fait un bond sur sa chaise.*)

LE GARÇON.

Voilà, madame.

OLIVA, *à M. Durand.*

Qu'avez-vous ?

M. DURAND.

Rien. (*A part.*) C'est la voix de ma femme que je viens d'entendre.

LE GARÇON.

Que faut-il servir à madame ?

Mᵐᵉ DURAND.

Ce que vous voudrez.

LE GARÇON.

Du café ? de la bière ? un soda ?

Mᵐᵉ DURAND.

Qu'est-ce que c'est qu'un soda ?

LE GARÇON.

C'est du sirop de groseilles mélangé avec de l'eau de seltz. C'est très-bon.

Mᵐᵉ DURAND.

Alors donnez-moi un soda.

OLIVA, *à M. Durand.*

Mais si, vous avez quelque chose.

M. DURAND, *comme à lui-même.*

Je suis un homme perdu.

Mᵐᵉ DURAND, *après avoir bu quelques gorgées.*

Voyons donc comment elle est cette chipie (*elle se penche pour la regarder.*) Ah ! mon dieu ! Mais ce n'est pas une figure ça, c'est une boîte à couleurs.

M. DURAND, *qui a complètement oublié sa voisine.*

Que faire ?

UN VIEUX MONSIEUR, *posant son journal qu'il lisait.*

Bah! tous ces journalistes avec leur polémique ne nous apprennent rien du tout.

M. DURAND.

Il faut pourtant sortir de cette situation. (*Il se lève et fait un pas comme pour sortir.*)

OLIVA, *se levant aussi.*

Vous me quittez?

Mᵐᵉ DURAND, *se mettant devant son mari, à Oliva.*

Il vous quitte, oui; mais moi je ne le quitte pas. *(Appelant)* Garçon! (*un garçon arrive*) combien dois-je?

LE GARÇON.

Cinquante centimes.

Mᵐᵉ DURAND.

Voici. (*Elle remet cinquante centimes au garçon.*)

LE GARÇON.

Merci, madame.

Mᵐᵉ DURAND, *à son mari.*

Je ne veux pas faire de scandale ici. C'est à la maison que nous allons nous expliquer. *(A Oliva).* Quant à vous, fille de peintures, apprenez que cet homme est mon mari, et tâchez de vous en souvenir.

OLIVA, *très-émue.*

On s'en souviendra, madame.

Mᵐᵉ DURAND, *à son mari.*

Allons, en route! (*Elle sort en suivant son mari, quelques consommateurs sortent également.*)

SCÈNE VIII

LES PRÉCÉDENTS, Mᵐᵉ MORIN, *à son comptoir.*

OLIVA.

C'est dommage. Mais j'y songe; notre consommation qu'il n'a pas payée! (*au premier joueur qui s'était levé*). Il faut que tu paies ces deux bocks, il a oublié de le faire.

PREMIER JOUEUR.

Tu n'as pas d'argent, donc?

OLIVA.

Eh ! tu sais bien que non.

PREMIER JOUEUR.

C'est juste.

OLIVA.

Parbleu ! J'en aurai tout à l'heure.

PREMIER JOUEUR.

C'est bien, va-t-en. (*A un garçon.*) Je mets ces deux bocks à mon compte.

UN GARÇON.

C'est bien, monsieur. (*Oliva sort, le vieux monsieur qui n'a cessé de la regarder pendant toute cette scène, paie et sort précipitamment*).

UN AUTRE GARÇON, *mettant quelques chaises sur les tables.*
Minuit messieurs. (*Peu à peu les consommateurs se retirent.*)

ÉMILE *passant devant Maxime et se découvrant.*

Bonsoir, monsieur !

MAXIME, *qui s'apprête à sortir.*

Bonsoir, monsieur !

SCÈNE IX

M. MORIN, Mme MORIN, MAXIME.

MAXIME.

Monsieur Morin ?

M. MORIN.

Monsieur Maxime !

MAXIME.

J'ai ce soir un café, puis un bock et ce thé.

M. MORIN.

C'est bien !

MAXIME.

A propos ! mon compte doit commencer à s'élever ? Combien vous dois-je ?

M. MORIN.

Oh ! nous verrons cela plus tard. A présent je n'ai pas le temps. (*Il sort.*)

MAXIME.

Comme il vous plaira.

SCÈNE X

MAXIME, Mme MORIN *puis* M. MORIN.

MAXIME, *se levant pour se retirer, à Mme Morin qui entre.*

Ah! j'ai vu ce soir au théâtre la plus jolie femme qu'un grand peintre ait jamais pu rêver. La salle tout entière avait les yeux sur elle. Je l'ai longtemps regardée et l'ai parfaitement vue.

Mme MORIN, *avec un certain dépit.*

Ah!

MAXIME, *baissant la voix.*

Elle n'avait pas le quart de votre beauté. (*Baissant un peu plus la voix.*) Vous reverrai-je tout à l'heure?

Mme MORIN, *bas.*

Je monte à l'instant.

MAXIME.

Merci! (*Il sort.*)

Mme MORIN, *à son mari qui entre.*

Tu vas mettre tes comptes à jour?

M. MORIN.

Sans doute. (*Il se met à son comptoir.*)

Mme MORIN

Je vais me coucher; je me sens mal de tête.

M MORIN.

Va! je peux faire sans toi. (*Elle sort.*) Voyons, cinq et quatre neuf, et six quinze, et trois dix huit, et huit vingt six... (*la toile tombe*) et cinq trente et un, et neuf quarante. (*La toile est tombée.*)

FIN

IMPRIMERIE DUVERDIER ET Cⁱᵉ (DURAND Dʳ), RUE GOUVION, 7.